Época de la Gran Depresión, 1929-1941

In 1932, Tennessee-born Hattie Wyatt Caraway (1878-1950) became the first woman elected to the U.S. Senate. She represented the State of Arkansas until 1944.

This WPA project in Kentucky was known as the 'Pack Horse Library'. Unemployed librarians were hired to travel into remote parts of the state by horse and mule. They brought saddlebags filled with books to grateful readers.

An unlikely racehorse named Seabiscuit——seen here winning a race in Baltimore, Maryland, on November 1, 1938——won the hearts and imaginations of fans across America.

On December 7, 1941——a 'day that will live in infamy'——Japanese suicide pilots raided Pearl Harbor, Hawaii. Their surprise attack on the United States Pacific Fleet brought America into World War II.

1936 1937 1938 1939 1940 1941

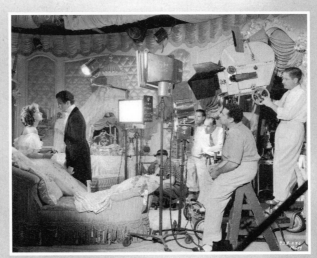

Severe dust storms like this one on April 15, 1935 in Boise City, Oklahoma, intensified Americans' economic difficulties.

In the 1936 Olympics in Berlin, Germany, Jesse Owens (1913-1980) won the most gold medals at the Games——four——angering Germany's Adolf Hitler.

Movie set of the 1936 movie, Camille, starring Greta Garbo (1905-1990) and Robert Taylor (1911-1969). Movies provided escape and inexpensive entertainment during the 1930s.

This relief sculpture on the Louisiana State Capitol in Baton Rouge was one of many public works of art created around the country by artists employed by the Works Progress Administration (WPA) during the 1930s.

For John Whitman, in appreciation—Jo Harper and Josephine Harper

To Emma and Anne: You will always be found!—Ron Mazellan

The publisher thanks Ralph Tachuk for his continuing support.

Turtle
B O O K S

Buscando a Papá: un cuento sobre la época de la Gran Depresión
Text copyright © 2005 by Jo & Josephine Harper
Illustrations copyright © 2005 by Ron Mazellan

First Published in 2005 by Turtle Books
Turtle Books is a trademark of Turtle Books, Inc.
For information or permissions, address:
Turtle Books, 866 United Nations Plaza, Suite 525
New York, New York 10017

Cover and book design by Jessica Kirchoff
Text of this book is set in Novarese Book
Illustrations were created in oil and acrylic
First Edition
Smyth sewn, cambric reinforced binding, printed on 80#, acid-free paper
Printed and bound at Worzalla in Stevens Point, Wisconsin/U.S.A.

10 9 8 7 6 5 4 3 2 1

Library of Congress Cataloging-in-Publication Data
[Finding Daddy. Spanish]
Harper, Jo. Buscando a Papá: un cuento sobre la época de la Gran Depresión / Jo & Josephine Harper ;
ilustraciones de Ron Mazellan ; traducción de Ana Peluffo.   p.   cm.
Summary: Worried he will become a burden to his family, Bonnie's out-of-work father leaves home, but Bonnie sets out with
her dog to find him and bring him home and, in the process, learns that she and her father can make money through music.
Includes glossary and photographic timeline of the Great Depression, and the words and music to
"Happy Days are Here Again."
ISBN 1-890515-32-9 (hardcover : alk. paper)
Depressions—1929—Juvenile fiction. [1. Depressions—1929—Fiction.
2. Fathers and daughters—Fiction. 3. Musicians—Fiction.]
I. Harper, Josephine, 1953-   II. Mazellan, Ron, ill.   III. Peluffo, Ana.   IV. Title.
PZ73.H3155 2005   [Fic]—dc22   2005041910

Distributed by Publishers Group West

ISBN 1-890515-32-9

Buscando a Papá:
un cuento sobre la época de la Gran Depresión

Jo & Josephine Harper

Ilustraciones de Ron Mazellan

Traducción de Ana Peluffo

Turtle Books
New York

Bonnie no se sentía capaz de hacerlo. No se atrevía a cantar el solo en la Asamblea del Día de Acción de Gracias. Todos sus compañeros de la escuela iban a estar presentes. También iban a estar allí los padres de sus amigos, y muchos desconocidos.

De todos modos, Mrs. Appleby no aceptó sus excusas.

—Bonnie, pero si cantas tan bien—le dijo—. No deberías quedarte atrás en el coro. A todo el mundo le encantará escuchar tu voz. Por lo menos, trata de cantar aquí, delante de tus compañeros.

Bonnie se aproximó lentamente hacia el frente del salón de clases. Sus compañeros la miraban y le sonreían. Sentía que todas las miradas estaban fijas en ella. Le temblaban las manos y respiraba agitada. Cuando quiso cantar se le hizo un nudo en la garganta y no pudo emitir ningún sonido.

Bonnie miró hacia abajo. Sintió que se ponía roja de vergüenza. Hubiera querido ser invisible.

Meneó la cabeza y volvió a su asiento.

A la salida de la escuela, su perro César la esperaba en el patio de recreo. Bonnie escondió la cara en el cálido pelaje del animal. Todos los días, el perro la esperaba y caminaban juntos a casa. "César te protegerá" le decía siempre Papá.

Bonnie y César jugaban a las escondidas con Anna y Jimmie Manning, los niños que vivían en la casa de al lado. Cuando Papá volvió a casa, se puso a jugar con ellos. En un momento, le tocó a Bonnie el turno de contar. Anna y Jimmie pasaron por detrás de ella y gritaron "piedra libre", pero Bonnie vio la punta del sombrero de Papá asomando por detrás del arbusto al fondo del jardín. Siempre lograba encontrar a Papá.

Cuando terminaron de jugar, Bonnie volvió a su casa de la mano de Papá. César los siguió. Las luces de su casa estaban encendidas. Una vez allí, Bonnie ayudó a sus padres a poner la mesa. Puso una servilleta roja al lado de cada plato. Ese día su mamá había cocinado panecillos calientes, pollo, judías verdes y tarta de manzana.

Después de la cena, Papá sacó el violín. Para Bonnie, éste era el mejor momento del día. Mientras Papá tocaba su instrumento, el resto de la familia cantaba. A veces, Papá y Mamá cantaban con Bonnie. En otros momentos, ella cantaba sola. Bonnie no era tímida en su casa.

Ese día, cantaron "Alexander's Ragtime Band", "The Big Rock Candy Mountain" y "In a Shanty in Old Shanty Town". La última canción fue "Do Re Mi". Se divirtieron mucho.

Un día, la situación empezó a cambiar en la casa de Bonnie. Papá salía cada vez menos. Estaba siempre allí cuando Bonnie volvía de la escuela. Le enseñó a hacer ritmo con las cucharas para que pudiera acompañarlo cuando tocaba el violín. Pero algo andaba mal. Aun cuando estuviera sonriendo, Papá parecía estar preocupado.

En la cena, dejaron de comer pollo y tarta de manzana. Más tarde, se mudaron de la linda casa donde vivían a una casita triste, que tenía la puerta despintada.

La nueva casa estaba muy decaída. Bonnie también se sentía decaída. *"Esta casa es muy pobre"* pensó.

Mamá encendió una lámpara de aceite. La luz titiló suavemente en la oscuridad. Bonnie tenía los ojos brillantes y parpadeó rápidamente.

Mientras Papá abrazaba a Mamá le dijo: —No te preocupes. Pronto encontraré un trabajo y arreglaremos este lugar. No te voy a defraudar.

Bonnie se dio cuenta de que su papá quería aparentar optimismo. Trató de ayudarlo y le dijo: —Papá, ve a buscar tu violín. Así nos sentiremos realmente como en casa.

—Bonnie, tuve que vender el violín.

Bonnie volvió a parpadear, pero esta vez no pudo evitar que una lágrima rodara por su mejilla.

—No te preocupes porque todavía podremos cantar juntos —le dijo Papá.

—Bueno —respondió Bonnie tratando de sonreír—. En realidad, no necesitamos el violín porque podemos tocar las cucharas.

Y entonces cantaron "Happy Days Are Here Again" aunque Bonnie sabía que las palabras de la canción no eran ciertas.

Todas las mañanas Papá salía a buscar trabajo. Algunas veces pasaba todo el día fuera de la casa, y al volver le daba a Mamá las monedas que había ganado. Pero la mayor parte de los días, Papá volvía a las dos horas, con las manos completamente vacías.

Era una época difícil y no había trabajo. Algunos días, Papá se sentaba a mirar por la ventana. —No sirvo para nada —le decía a Mamá.

Mamá empezó a lavar ropa para ganar dinero. Fregaba en una tabla de lavar y planchaba en la cocina con una plancha de hierro. Papá y Bonnie la ayudaban.

Un día, mientras estaban colgando la ropa recién lavada en la soga, oyeron que una vecina decía en voz muy alta: —No hay nada peor que un hombre sin trabajo. Es un peso y una carga para su familia.

Papá se puso blanco como un papel. Parecía que le hubieran pegado.

Bonnie hubiera querido correr hacia aquella mujer odiosa y patearla. Hubiera querido abrazar a Papá para hacerlo sentir mejor. Pero los pies no le respondieron. Se quedó completamente inmóvil, congelada en su sitio como la ropa limpia que colgaba de la soga.

¿Por qué no podía hacer nada?

A la mañana siguiente, Papá le dio un beso a Mamá y otro a Bonnie antes de irse. —Hoy voy a encontrar trabajo —les dijo.

Bonnie sintió una puntada en el corazón. En la escuela, no pudo concentrarse en la clase de matemáticas y cuando le tocó el turno de leer, no pudo articular bien las palabras.

César y Bonnie se apuraron para volver a casa después de la escuela.

Pero Papá no estaba.

Mamá estaba fregando la ropa. Cuando vio a Bonnie, hizo un gesto con la cabeza en dirección a una pequeña olla que se estaba calentando en la cocina. La sopa estaba bastante aguada y no tenía gusto, pero a Bonnie no le importó. Estaba preocupada.

Ese día Papá no volvió a casa en toda la noche. No volvió en toda la semana. ¡No volvió en todo el mes!

En casa, Mamá estaba como ausente. Todo estaba oscuro. El silencio que reinaba en la cocina era total, con la excepción del ruido que hacía la ropa contra la tabla de lavar.

Ya nadie cantaba.

A Bonnie le costaba dormirse, y el dolor que sentía en el corazón nunca se le pasó. Sabía que el dolor no se le pasaría hasta que volviera Papá.

—*Siempre podía encontrar a Papá* —le dijo Bonnie a César—. *Voy a encontrarlo también esta vez.*

Bonnie y César recorrieron todos los lugares que frecuentaba Papá: el almacén, la hilandería y el banco del parque. Papá no estaba en ningún lado. Nadie lo había visto.

Bonnie y César fueron a la esquina donde se reunía la gente que estaba buscando trabajo. Bonnie vio muchas caras tristes y sombrías.

Pero no vio la cara de Papá.

Bonnie oyó hablar de un lugar en las afueras de la ciudad donde la gente vivía en tiendas de campaña. Pensó en ir allí con César.

Mientras caminaban, el viento les soplaba en la cara. Una vez allí, vieron grupos de gente reunidos alrededor de varias fogatas. Fueron de fogata en fogata, pero nadie había visto a Papá.

—Algunos hombres encontraron trabajo en un puerto que está a más o menos diez millas de aquí —dijo una mujer, señalando en dirección al lugar.

Bonnie y César empezaron a caminar. Aunque tuvieran que caminar diez millas, cincuenta millas o diez mil millas, iban a encontrar a Papá.

Hacía frío. Bonnie caminaba rápido y César trotaba. Bonnie tenía las manos en los bolsillos.

De repente, un coche se paró al lado de ella. Bonnie caminó más rápido, mirando hacia adelante. El corazón le latía muy fuerte. Sabía que no debía subirse a ningún coche manejado por extraños. Ni siquiera con César.

—¡Bonnie! ¡Espera! ¿No nos reconoces?

Dentro del coche estaban el señor y la señora Manning, que antes eran sus vecinos.

—Sube, si no quieres morirte de frío —le dijo la señora Manning.

Bonnie subió, agradecida. César subió detrás de ella.

—¿Por qué no estás en la escuela? —le preguntó el señor Manning.

—Tengo que ir al puerto. Papá está trabajando allí —les mintió Bonnie.

La señora Manning frunció el entrecejo y dijo: —Te llevaremos a casa con tu madre.

Bonnie mintió de nuevo: —Mamá no está en casa. Papá se va a preocupar si no voy a buscarlo.

El señor Manning hizo un ruido raro. Parecía querer decir *no te creo*. Pero la llevó al puerto de todos modos.

—Sé adónde tengo que ir. Muchísimas gracias.

Bonnie y César se bajaron del coche y caminaron rápidamente.

Los dedos de Bonnie estaban helados y tenía hambre. Sabía que César tenía hambre también.

Un vapor caliente le acarició la cara, y el olor a comida la hizo entrar en un café. Desde la ventana, Bonnie vio que se alejaba el coche de los Manning.

El café era muy ruidoso y estaba lleno de gente. Bonnie tenía que averiguar si alguien había visto a Papá. Sabía cómo hacerlo, pero no estaba segura de que se atrevería.

Tengo que hacerlo, tengo que hacerlo.

Tenía la respiración agitada y sintió que se le hacía un nudo en la garganta. Bonnie abrazó a César, cerró los ojos y respiró hondo.

Puedo hacerlo, puedo hacerlo, y lo haré.

Se sacó la gorra, la puso sobre la mesa y se subió a una silla. Se acomodó los rizos del pelo, se paró bien derecha y sonrió.

Aunque le temblaban las manos, empezó a cantar.

La gente del café la miraba, pero su voz se mantenía firme.

Se hizo un gran silencio en el lugar.

Cuando Bonnie terminó de cantar, la gente la aplaudió muchísimo. Algunas personas le pusieron monedas en la gorra. Todos la miraban.

—¿Alguien ha visto a mi papá? Su nombre es Robert Wright y se parece mucho a mí.

La gente sacudió la cabeza. Nadie lo había visto.

Alguien le trajo a Bonnie un plato de frijoles y un gran trozo de pan de maíz. Le dio un poco a César.

Cuando Bonnie terminó de comer, cantó otra canción. Y después cantó otra más. Ya no tenía vergüenza. Las personas entraban y salían y le dejaban monedas en la gorra. A Bonnie le gustaba la manera en que la gente sonreía y marcaba el ritmo con los pies cuando cantaba. Y le encantaban los aplausos.

Pero nadie había visto a Papá.

En ese momento Bonnie se dio cuenta de que César no estaba con ella.

—¡César! ¡César! —gritó.

César no vino.

Alguien le señaló el rincón y dijo: —Allí está tu perro.

Bonnie entrecerró los ojos y miró bien. Algo se movía de aquí para allá en el rincón más oscuro del café.

Era la cola de César que se meneaba en la oscuridad.

Estaba acostado al lado de un hombre que tenía un sombrero y un periódico tapándole la cara. Pero el hombre no estaba leyendo. Bonnie le vio los ojos por encima del periódico.

Saltó de la silla y corrió hacia el rincón.

El hombre bajó el periódico.

Bonnie le saltó al cuello y lo abrazó.

¡Era Papá!

Reclinó la cabeza sobre su hombro. Por fin se sentía calentita y protegida.

—Papá, tú no eres una carga para la familia. Te necesitamos. Y ahora sé cómo podemos ganar dinero.

Bonnie le mostró a Papá las monedas que tenía en la gorra.

Inmediatamente después, Bonnie y su papá se pusieron a hacer música juntos. Papá tocaba las cucharas y cantaba a coro con ella.

La puerta se abrió de golpe.

Entraron Mamá y los Manning al café.

Todos se pusieron a cantar "Happy Days Are Here Again", pero esta vez, Bonnie supo que las palabras de la canción eran ciertas.

Glosario de la Gran Depresión

Black Tuesday: October 29, 1929, the day the Wall Street stock market crashed

Civil Works Administration (CWA): A 1933-1934 federal program that hired four million Americans to build post offices and roads

Civilian Conservation Corps (CCC): A federal government program that hired two million Americans to plant trees and to create campsites in the national parks and forests

The Dust Bowl: The difficult conditions created in the south-central region of the United States when severe drought during the years 1934-1937 led to the topsoil being stripped away in dust storms

Farm Credit Administration (FCA): A federal government program to help struggling farmers refinance their farm mortgages

"Happy Days Are Here Again": 1929 song that became associated with the presidency of Franklin Delano Roosevelt (FDR)

Hoovervilles: Clusters of shanties; named after President Herbert Hoover

National Youth Administration (NYA): A part of the WPA that hired two million unemployed American students

The New Deal: The economic recovery program of President Franklin Delano Roosevelt's administration

Shanty: A makeshift shelter without electricity or running water

Soup Kitchens: Local community places where unemployed and homeless people could get some free food

Tennessee Valley Authority (TVA): A huge public works program begun in May 1933; a collection of dams and electricity-generating facilities built along the Tennessee River

Works Progress Administration (WPA): A 1935-1943 federal government program that hired unemployed American writers, actors, artists, sculptors, photographers, and researchers

Créditos fotográficos y de la letra musical

FOTOGRAFÍA

Línea cronológica ilustrada de la época de la Gran Depresión, 1929–1941

(clockwise): Bettmann/Corbis; Michael Prince/Corbis; Angelo Hornak/Corbis; Corbis; Bettmann/Corbis; AP/Wide World Photos; National Archives and Records Administration; AP/Wide World Photos; Bettmann/Corbis; Bettmann/Corbis; Historical Society of Seattle & King County/Corbis; Corbis; Bettmann/Corbis; Bettmann/Corbis; AP/Wide World Photos; Hulton-Deutsch Collection/Corbis; Bettmann/Corbis; Philip Gould/Corbis.

Nota de las autoras

(clockwise): Getty Images; Bettmann/Corbis; Bettmann/Corbis; John Springer Collection/Corbis; John Springer Collection/Corbis; John Springer Collection/Corbis.

Otras canciones populares de la época de la Gran Depresión

Bettmann/Corbis

"Happy Days Are Here Again"

Photofest

LETRA

"Happy Days Are Here Again" By: Milton Ager and Jack Yellen. © 1929 (Renewed) WB Music Corp. (ASCAP). All Rights Reserved. Used by Permission. Warner Bros. Publications U.S., Inc., Miami, FL 33014.

Nota de las autoras

En los Estados Unidos, durante la época de la Gran Depresión, 1929-1941, muchos hombres se sintieron tan frustrados por no poder mantener a sus familias que decidieron abandonar sus casas. Ésta fue, también, la época en que algunas personas que tenían mucho talento se convirtieron en actores y cantantes profesionales. Este cuento está inspirado en la historia y las canciones de esa época.

Ella Fitzgerald (1917-1996), an improvisational 'scat' singer, won an amateur contest at Harlem's influential Apollo Theater in 1934, beginning a long, successful professional career in music.

Dickie Moore (1925-   ) and Pete the Pup charmed audiences in the popular *Our Gang* series. By the time he was ten years old, Dickie had performed in 52 films.

Judy Garland (1922-1969) made her mark in the 1939 movie, *The Wizard of Oz*, and went on to become a beloved singer.

Shirley Temple (1928-   ), delighted fans with her energetic performances.

In addition to many earlier and later movies, child actor Mickey Rooney (1920-   ) starred as the character Andy Hardy in fifteen films between 1937 and 1947.

Woody Guthrie (1912-1967), a folk singer and wandering troubadour, found his musical voice dealing with the everyday struggles of the Great Depression.

"Happy Days Are Here Again"

Lyrics by Jack Yellen

So long, sad times!
Go 'long, bad times!
We are rid of you at last.

Howdy gay times!
Cloudy gray times,
You are now a thing of the past.

'Cause happy days are here again!
The skies above are clear again.
Let us sing a song of cheer again
Happy days are here again.

Altogether shout it now!

There's no one who can doubt it now,
So let's tell the world about it now
Happy days are here again!
Your cares and troubles are gone;
There'll be no more from now on.

Happy days are here again;
The skies above are clear again;
Let us sing a song of cheer again
Happy days are here again!

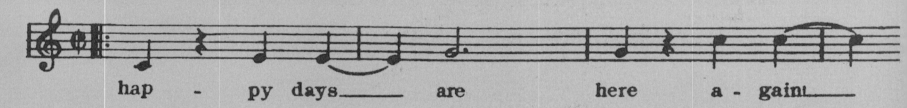

hap - py days___ are here a - gain___

Milton Ager (1893-1979) composed the music for "Happy Days Are Here Again".

Jack Yellen (1892-1991) wrote the lyrics to the 1929 song, "Happy Days Are Here Again".